理想の王子様とはちょっと違うの
～砂漠の恋の一期一会～

Sakura Mashita
真下咲良

JN075451

Honey Novel

Illustration

炎かりよ

CONTENTS

「かぁさま、かぁさま、お話して」

瞳を輝かせて寝物語をねだれば、今日はどのお話にしましょうか、と母は微笑《ほほえ》む。

「いつものお話」

美しくて優しい母が大好きだ。そして、母が語る物語も。

「またか。よく飽きないな」

剣を磨いていた兄は呆《あき》れ顔だ。

「だって、素敵なお話なんだもの」

兄に向かって頰を膨らませる。

「砂漠で父様と母様が出会った話だろ？　それのどこが素敵なんだよ」

「兄様の意地悪。女の子の気持ちがわからないなんて、モテないんだから」

「なんだとぉ。お前こそ、そんなにお転婆でどうする。じゃじゃ馬を貰《もら》ってくれるヤツなんていないぞ」

「じゃじゃ馬じゃないし、かっこいい王子様がきっと迎えに来てくれるもん」

「来るもんか！」

「来るってば！」

言い合いを始めた二人に、おやめなさい、と母が割って入る。

寝床に潜り込み、早く、早くと急《せ》かすと、母は優しく髪を撫《な》でて語りだした。


それは、異国の娘の話。


娘は異国の人買いから砂漠の人買いへと売られた。砂漠の王に献上されるのだ。

だが、砂漠の人買いは異国の人買いと違って、娘を鎖で繋《つな》ぐことはしなかった。それどころか、娘を美しいと褒めて着飾らせ、自分の妻にすると言ったのだ。

砂漠の人買いは、若い娘なら一目で恋に落ちてしまいそうなほどに端整な眉目だった。けれど、娘は砂漠の人買いが恐ろしかった。鈍く光る灰色の目に邪悪を見て取ったからだ。優しくされると、大蛇に巻きつかれているような恐怖が募った。

心を押し殺し、従順な振りを装って逃げる隙を窺《うかが》った。そして、身を汚される前に運よく逃れた娘は、水の入った革袋を抱え、見渡す限り砂の広がる大地へと足を踏み入れた。そこしか逃げ場がなかったのだ。

異国から来た娘は知らなかった。砂漠はとても暑く、とても寒く、とても危険な場所だということを。

すぐに革袋の水は尽きた。艶やかだった唇は干からび、娘は砂の上に倒れた。右も左も砂だらけ。唯一の逃げ道である空には、大きな翼を広げた鳥が旋回し、娘に影を落とした。

翼があったらいいのに。

自分の命はここで終わりを迎えるのだと娘は思った。だが、不思議と心は凪《な》いでいた。あの恐ろしい目をした砂漠の人買いに飼われ、身を汚され続けるくらいなら、これはこれで幸せなのかもしれないと目を閉じた。

どのくらいの時間が経《た》ったのか、遠くで声が聞こえた。誰かが怒鳴って自分の身体《からだ》を揺さぶっていた。

もうこのまま逝《い》かせて…。

呻《うめ》くと、干からびて割れた唇に何かが押し当てられた。渇ききっていた口の中に水が注ぎ込まれた。娘はむせながら飲み込んだ。再び水が注ぎ込まれ、娘はまた飲んだ。幾度か繰り返され、うっすら目を開けると、無精髭《ひげ》を生やしたむくつけき男が覗《のぞ》き込んでいた。

視線が絡んだ。男は安堵《あんど》の表情を浮かべて微笑んだ。朝焼けに照らされ、男の青い瞳は美しく瞬いた。

娘は男を砂漠の魔物だと思った。だが、その眼差《まなざ》しはとても優しくて、娘は男の瞳から目が離せなくなった。

娘は男と旅をした。そして…。

娘は男に恋をした。

ニダールの娘リーンは水汲《みずく》みから戻ってくると顔を歪《ゆが》めた。イマームの息子ターハが家の前に立っているのに気づいたからだ。頭に巻いているグトゥラは奇妙な柄物で、服も目に痛いような原色ばかりのターハは、異国の絵本に載っていた案山子《かかし》のようだ。

マクドゥの男性は灰色がかった青や紫や緑色のゆったりした服を着る。茶系に染める者もいるが、基本的に無地で汚れの目立たない色が多い。だが、ターハは女性のような明るい色を好んでいた。今日はマリーゴールド色だ。襟元や袖口、裾には赤や青や緑の糸で刺繍《ししゅう》が入っている。

「うー、またいる。商いの手伝いでもすればいいのに、ほんっと、暇人なんだから」

リーンは鼻筋に皺《しわ》を寄せて小声で悪態をついた。このまま来た道を戻りたかったが、時間稼ぎをしても無駄だとわかっている。リーンが帰ってくるまで、ターハは何時間でも家の前で待っているのだ。

ターハがリーンに気づいて頬を染めた。

暑いのに鳥肌が立っちゃうじゃない。

「水汲みに行っていたのかい?」

ターハからむわっとした匂いが流れてきてリーンの鼻を刺激した。マリーゴールド色の服から四方八方に匂いが広がっている。

香を焚《た》きしめるのはどこの家でもすることだ。香水も売られている。それぞれの家で独自に調合したり、店で調合されたものを買って使ったり、リーンも自分で調合して好みの香りを作っている。

くしゃみ出そう……。

リーンはターハの使う香りが嫌いだ。高価な材料を使って調合しているのだろうが、どうにも鼻の奥がむずむずしてしまうのだ。

「重いのに大変だね」

大変だと言いながら、ターハが手伝ってくれたことはない。今も、リーンの抱えている水の入った壺《つぼ》を持とうともしないのだから。

「家の手伝いは誰でもすることだから」

あなたの家みたいにうちは使用人がいないんですけど、これから食事の支度もあって私は忙しいんですけど、と喉まで出かかる。

「これを着けてみてくれ。君の美しい髪に合うものを選んだんだよ」

ターハが差し出した髪飾りは、細かな金細工の高価な品だった。ターハはいつもこうしてリーンに贈り物をしようとする。

「貰う理由がないわ」

「理由なんて、君に贈りたいだけなんだ」

「困ります」

リーンは頭を振って拒み、睫毛《まつげ》を伏せた。

「なんて奥ゆかしいんだ。そんな君が好きだけれど、受け取ってほしい。きっと似合う」

リーンは贈り物を一切受け取らない。ターハが好きではないし、受け取ったら最後、自分の都合のいいように解釈するからだ。

「そんな高価なもの、私には分不相応で…」

「これも気に入らないのか。だったら、東オアシスまで見に行こう。いや、いっそのこと王宮のある南オアシスまで行かないかい？」

リーンは呆れた。

東オアシスは行ってみたい場所ではあるけれど、同行者は選びたい。南オアシスもターハとなんてもってのほかだ。一月《ひとつき》以上旅をしなければならないのだから。

あんたとなんて行くわけがないでしょ！　嫌われてるってどうしてわからないのかな。

思っていることをすべて吐き出してしまいたくなり、口を引き結んで堪《こら》えていると、家の扉が開いて中から兄のウサーマが出てきた。

「おうっ、びっくりした。二人してこんなところで何してるんだ？」

大仰に両手を上げて驚いているが、リーンにはわかっていた。扉の前に立つターハに兄が気づかないはずはない。気配を察し、扉の向こう側で会話を聞いていたに違いないのだ。

わざとらしいんだから。いたのなら追い返してくれたらいいのに。

ちろりと視線を送れば、兄はターハに見えないようににやりと笑い、ご苦労さんとリーンから水の入った壺を受け取った。

ターハは兄に見下ろされ、動揺したのか手にしていた髪飾りを隠そうとして砂の上に落とし、慌てて拾うとポケットにねじ込んだ。

「家にいたのかい、ウサーマ」

「ああ、俺に何か用か？」

「いっ、いや、たまたま通りかかっただけで…。じゃあ、リーン、また」

ターハは逃げるように走り去っていった。

「お前、今、切れる寸前だっただろう。お兄様に感謝しろよ」

「先に追い返しておいてくれていたら感謝し…ふぁっ」

リーンが思いっきりくしゃみをすると、俺もあの匂いは苦手だ、と兄は鼻の下を指の背で擦《こす》った。

「あいつ、いつ見ても女物みたいな色の服着てるよなぁ。お前もあんな明るい色を着たらどうだ？」

「私の髪の色に、ターハみたいな服は合わないの」

リーンは寒色が好きなので、持っているのは灰緑色や紺色の服ばかりだ。頭に軽く巻くスカーフも黒や濃紺で、こちらも地味な色が多かった。

「髪飾り、貰っとけばよかったのに。似合いそうだったぞ」

兄はスカーフからはみ出たリーンの髪を軽く引っ張った。

リーンの髪は、黒髪の多いこの辺りでは珍しい淡い茶色のシドルハニー色だ。日に当たるとナツメの蜂蜜のような金色に輝いて見える。それは、異国人だった母譲りだ。

マクドゥ国に住むシャムラン族のリーンは、父と三つ年上の兄との三人暮らしだ。母は六年前、リーンが十一の時に亡くなった。

「あんなの受け取ったら、村中に婚約したとか言いふらしそうじゃない。だいたい飾り物なんて欲しくないわ。シャムシールなら考えなくもないけど…」

リーンが思案すると、兄は噴き出した。

シャムシールは片刃で反りのある、刃渡り七十五センチから九十センチほどの彎刀《わんとう》で、普通、若い娘が欲しがるものではない。

「剣が欲しいなんて言ったら、ターハは驚くだろうよ。お前は外で猫被《かぶ》ってるだろ？　皆おとなしい娘だと思ってるからなぁ」

形のよい眉とすっと通った鼻筋、愛らしい唇がバランスよく置かれた顔は、母の生き写しだと言われる。珍しいすみれ色の瞳も母からの贈り物だ。

一見、楚々《そそ》とした美しい娘は、シャムシールの使い手である父から剣と体術の手ほどきを受ける、隠れお転婆娘だった。

「だって、強かったら母様みたいな出会いが来ないじゃない」

母は異国からマクドゥに売られてきた。人買いから逃げ出し、砂漠で父に助けられて恋に落ち、二人は結ばれたのだ。

「まだそんなこと言ってんの？　ちっさいころから変わんないなぁ」

「女の子なら誰だって憧れるの」

両親の出会いはまるでお伽噺《とぎばなし》だ。リーンは母に何度もその話をねだってしてもらった。

『マクドゥに来てから聞いたの。砂漠の魔物は銀色の髪に青い瞳をしているって。だから、最初は魔物なのかと思ったの。でも、父様は黒髪だし、とても優しい眼差しで母様に微笑んでくれて…。海原のように光り輝いて、本当に美しかった』

海を見たことのないリーンは、母の言う光り輝く海原を想像するしかなかったけれど、父様は母様の王子様なの、と話す母の顔はまるで恋する少女のようだった。

母は亡くなる日まで一心に父を愛していた。もちろん父も母をとても大切にしていたし、亡くなった今でも愛している。

そんな二人を見ていたから、夢見てしまうのだ。いつか自分もそんな出会いをして、愛する人と結ばれたい、と。

「憧れと現実は別だぞ。母様はあの父様のどこがいいと思ったのか、俺は未《いま》だに首を傾《かし》げたくなる」

「なんてこと言うのよ」

とは言ってみたものの、兄が言うのもわからなくはないのだ。

青い目はきれいだし、強くて優しい父だけれど、無精髭を生やした厳《いか》つい顔はお世辞にも王子様とは言いがたい。両親が出会ったのは母がリーンと同じ十七歳の時らしい。当時、父は三十を超えていた。隊商の護衛を生業《なりわい》にしている腕っこきの剣士で、旅から旅への根なし草だった。若い娘が夢中になるような男ではないのだ。けれど…。

「それが恋なのよ。兄様にはわからないかなぁ」

「ふん、なら、剣なんて習わなければいいじゃないか。助けてもらいたいんだろ？　剣も体術も必要ないだろうに」

異を唱える兄は、長身でがっしりとした身体つきをしている。黒髪なので後ろから見ると父そっくりだ。整った男らしい顔つきは両親のいいとこ取りで、一見黒に見える瞳は、光の当たり具合で青紫がかる不思議な色に変わるから、魅力を感じる女性もいるだろう。

と言いたいんだけど、兄様ってモテる要素満載なのに、がさつすぎるのよね。

年頃の娘が村に少ないのも要因ではあるが、恋人ができたためしがないのだ。

「だいたいお前のことだ、素敵な男が助けに来る前に、剣を振り回しちまうんじゃないか？」

「う…、そんなことないもん」

きっぱり否定できないのが悲しい。

リーンは父から剣の扱いを習っている兄が羨ましかった。自分も教えてほしいと父にねだった。資質もあったのだろう、筋がいいと褒められた。母も娘が剣を持つのを反対しなかった。何かあった時、自分で自分の身を守れるようにと思ったのかもしれない。

「村でもお前より剣が達者な男はほとんどいないしなぁ。だが、安心しろ。剣も体術も強くて、隠れじゃじゃ馬に似合いのヤツがいるぞ」

「遠慮するわ」

「話を聞けよ。遠慮してたら行き遅れるぞ。村の男たちと距離置くのも、じゃじゃ馬がバレないように、だろ？」

「失礼ね。ときめく人がいないからよ」

そりゃあ、兄様が言うことも少しは当たっているけど…。

「お前、面食いだもんな。そこでだ。友達にお前の話をしたらかなり乗り気でさぁ、貰ってもいいってさ」

「ちょっと、勝手に私の話をしないでよ。それと、貰ってもいいってなんなの。えらそうに」

「実際、えらい…、いや、すげーいいヤツなんだって。リーン、兄様はお前の好みを把握しているこの世で唯一の人間だ。信じろ。信じる者は救われる。間違いなく顔はお前好みだ。今度紹介してやる」

顔がいいからって、性格までいいとは限らないじゃない。強くても、私をからかってばっかりいる兄様の友達なんて、絶対に願い下げよ。類友に決まってる。

「いらないってば！」

リーンはそっぽを向いた。

シャムラン族の村は寄せ集めだ。来る者拒まず、去る者は追わず、血縁のない村人たちに強い繋がりはない。父がここに居を構えたのは、村人が異邦人の母を気にしないからだ。

そんな流れ者の吹き溜《だ》まりのシャムラン村も、井戸の使用税を国に払っている。細々と暮らす者には結構な負担だが、滞れば井戸を封じられてしまう。

ある日、王宮から増税通達の使者が来たことで、村は大騒ぎとなった。村人にとって増税は死活問題だったのだ。

東オアシスにある王宮の出張所が一番近く、また、東オアシスの離宮には王族が暮らしているらしいので、リーンの父が村を代表し、役所と王族に増税の撤回を上訴しに行くことが集会で決まった。

「何かあると父様を当てにするんだから」

族長も村長もいないので、父は面倒を押しつけられたのだ。

兄も行くと聞いたリーンは、荷造りを始めた父に自分も行きたいと頼んだ。だが、父はダメだと言って荷物を詰めた袋を持つと、さっさと家から出ていってしまった。

「遊びに行くんじゃないぞ、リーン。こないだ村に立ち寄った旅人が、盗賊に追われて大変だったたって言っていたじゃないか」

敷物用の大きな布を折りたたみ、くるくるっと丸めながら兄は言った。

「危険なのはわかってる。でも、私だって戦えるわ」

同行することになった村の男、クタイバやディヤーブより剣の扱いには自信がある。

「剣の扱いが上手なのと強いのとは違うんだぞ。お前は実戦経験がない。もしも相手を殺さなくてはならなくなった時、躊躇《ちゅうちょ》せずできるのか？」

「それは…」

リーンはできると瞬時に答えられなかった。

「お前が怪我《けが》をする可能性もある。怪我ならまだいい。命を落としたらどうする。父様は一度決めたことを撤回しない。東オアシスで土産《みやげ》を買ってきてやるから、おとなしく待ってろ」

兄に説き伏せられ、リーンは渋々頷《うなず》いた。

ラクダを引いた兄と村の広場へ向かうと、父たちを見送るために多くの村人がいた。訴えが叶《かな》うことを期待しているのだ。

もっと人員を増やせばいいのに。

村人は無理でも、ターハの父イマームは私設の護衛を持っているのだ。

イマームは二年ほど前に住み着いた商人だ。村人の作る工芸品や織物を買い取ったり、仕事を斡旋《あっせん》したりして、金持ちを嫌う村人にもすぐに馴染《なじ》んだ。今では彼がいなければ暮らしが成り立たない者もいるほどだ。

そのイマームの護衛は、残念ながら商用に出かけたターハについていってしまい、村を離れていた。

こんな時にいないなんて。商用とか言ってるけど、ただの買い物じゃないかしら。前々から思っていたけど、イマームはどうしてシャムランの村に越してきたのかな。店を開くでもなし、村のことにも関わらないし…。

村で店を開いても閑古鳥が鳴くだけだ。商品の仲介をするにも便利が悪く、隊商のルートからも外れている。村人の作る工芸品にしても、どこでも手に入るようなもので、ここに居を構える意図が理解できない。

クタイバとディヤーブは出発の準備を整え、すでにラクダに跨《また が》っていた。ひどく緊張した面持ちなのは、盗賊に遭遇するかもしれないと思っているか、魔物を怖がっているからかもしれない。

父は直線ルートを行くつもりだろうから、魔物が住むという『ジンの岩山』近くを通ることになる。魔物などいないと父は笑っていたが、信じる者も多いのだ。

クタイバとディヤーブは腰に短い彎刀を携えているものの、戦力としては期待できない。だが、父は隊商の護衛をしていたし、兄は盗賊征伐の助っ人に請われる腕前だ。二人が揃《そろ》っていれば怖いものはない。

リーンは父たちを見送ると、すぐに家に取って返した。

「私を置いていくなんて！　こっそりついていくもんね」

行程を半分過ぎた辺りで声をかければ、ひとりで帰れとは言わないだろう。

思い立ったら行動は早い。手早く食事を済ませ、数日家を空けるぶん、羊と山羊《や ぎ》の餌《えさ》と水を多めに用意しておく。リーンの姿が見えないと近所のハウラおばさんが訝《いぶか》しんで覗きに来るだろうから、餌と水の追加を頼む手紙を書いた。

それから、兄の古くなった服を引っ張り出した。継ぎはぎだらけで色落ちした服だが構いやしない。

ズボンを穿《は》いて上着を被ってみる。両方とも丈詰めが必要なのは想定外だった。

「急いで直さなきゃ」

上着は前立ての空きが広すぎて、屈《かが》むと下着の胸当てが丸見えになってしまう。どこかに裾でも引っかけようものなら、肩から滑り落ちてしまいそうだ。

「前立て縫いつけちゃうと脱ぎ着がしにくいし…」

リーンは上着とズボンの丈をちょうどいい長さに切り詰めると、上着の前立てにはボタンとボタン留めのループを二カ所つけた。

「これでよしっと」

長い髪は纏《まと》め、グトゥラを深く被れば少年だ。女のひとり旅は自殺行為だ。男装すれば危険度がかなり下がる。

日持ちする食料を袋に突っ込み、皮袋の水筒に水を満たす。防寒用の布をたたんで筒状に巻き革紐《かわひも》で結ぶと、燃料と火種も準備する。父と兄の旅支度を手伝ったので、落ち度はないはずだ。

「それから、これこれ」

腰のベルトに愛用のシャムシールを差し込んだ。

「盗賊が出たら、やっつけてやるわ」

ふっとランプの灯《あか》りを吹き消して、リーンは家を出た。

暗くなった村に人影はなかった。魔物の話が出たので、家に籠《こも》っているのだろう。

鍵を閉めると魔物は入ってこないのかな。鍵なんて意味ない気がするけど…。

そんなことを考えながら、リーンは裏手に繋いでいる自分のラクダに荷物を載せた。

空を見上げて星の位置を確認する。星の見方は父から教わっていた。三年前には兄と一月《ひとつき》ほど旅をしたこともある。

珍道中だった、と兄はからかうけれど、リーンには有意義な旅だった。髪の色が珍しいので人の視線を感じることがあって、黒ずくめの変な男とかに見られて気持ち悪い思いもしたが、それでも、村の外の人々との出会いは新鮮で楽しかったし、砂漠を旅する方法も知った。

だから、父たちを追える自信があった。

月明かりの中、リーンはラクダを走らせる。父たちはかなりの速さで進んでいると思うとラクダを急かしてしまい、そのたびに手綱を引き締めた。というのも、リーンのラクダはまだ幼くコブも未発達だ。無理をさせてラクダが潰《つぶ》れでもしたら、父たちに追いつくどころか村に戻るのにも苦労する。

「だいぶ距離を稼いだはず。そろそろ休憩しないと」

リーンはラクダから降りた。足とお尻が少し痛い。丸めてあった敷物を広げて座ると、荷物の中から食料を取り出して軽く腹を満たす。火は使わなかった。水はいつ手に入るかわからないので、少しだけ口に含んだ。夜は冷え込む。たいして飲みたいとは思わなかった。

砂の大地を撫でる風は冷たく、震えながら星空を見上げる。夜が明けるにはもう少しかかるだろう。ひとりだとちょっぴり心細さを感じる。リーンは敷物の端を引っ張って包《くる》まった。両手を擦り、温まった手を頬に当てていると、生地がはためくような音が断続的に聞こえた。

リーンは目を閉じて耳を澄ました。

「これは…、ラクダの足音だ。どこから？」

立ち上がって辺りを見回すと、右手の闇が蠢《うごめ》いていた。三頭のラクダだろう。何かに追われるようにかなりの勢いで走ってくる。こちらに向かってくるのはリーンを目指してのことではなく、進む先にたまたまリーンがいるのだろう。

相手がなんなのかわからないので、リーンは闇を凝視して腰のシャムシールに手を置いた。隊商のルートから外れた場所だ。盗賊ではありませんようにと願った、が…。

「おいっ、誰かいるぞ！」

男が濁声《だみごえ》で叫んだ。

「構わねぇ、蹴散らしちまえ」

「ラクダがいるぞ。行きがけの駄賃だ。捕まえろ！」

男たちはラクダの勢いを緩めて止めると、身構えているリーンを見下ろした。月明かりでもわかった。三人とも人を殺すことも躊躇しなさそうな面相で、盗賊に間違いない、と。

「なんでぇ、ガキじゃねーか」

「おい、その荷物とラクダをよこしな」

素直に渡すべきかと思った。だが、それだけでは済まないだろう。身ぐるみ剝《は》がされて女だと知られたら、何をされるかわかったものではないし、連れていかれて売り飛ばされてしまう。

私のラクダでは逃げてもすぐに追いつかれる。どうしよう。

男がリーンのラクダの手綱を摑《つか》もうとする。リーンは取られまいと反射的に剣を抜いて男の手を薙《な》いでしまった。傷つけられた男は憤怒の形相で剣を抜いた。

「このガキ！」

盗賊が突き下ろす剣をリーンは弾《はじ》き返す。

「くっ！」

重い！

リーンは歯を食いしばった。上から繰り出される剣は想像以上に重い。両手で握っていても剣を落としそうになる。

男のひとりは右腕が力なく垂れていた。怪我をしているようで傍観している。しかし、残るもうひとりはリーンに攻撃してきた。

父や兄との稽古は一対一だが、盗賊はお構いなしだ。一度に二人を相手しなければならなくなった上に、向こうはラクダに跨っている。非常に不利だった。それに、リーンは人を傷つけたことがなかった。

弱気になってどうするのよ。命を奪うつもりで戦わなきゃ。

恐れを振り払って剣を握り締めると、盗賊たちの剣先を避《よ》け、ラクダの間を右に左に動きながら足を狙う。

「いてぇ、また足を斬られた」

「くっそ、ちょこまかと！」

これで諦めて去ってくれれば…。

そう考えていたが、激昂《げっこう》した盗賊たちは一向に諦めてくれない。逆にリーンは息が上がってきてしまい、砂に足が取られるようになった。

「弱ってきたぞ」

動きの鈍ったリーンを見計らったように、盗賊たちはラクダを降りて迫ってくる。

頑張れ。もっと速く、もっと俊敏に。

「このガキ、何度も足を斬りやがって。斬り刻んでやる」

「急げ、時間がかかっている。早く仕留めるぞ」

負けるもんですか！

リーンは盗賊たちの動きに合わせ、ラクダを盾にしながら戦った。だが、次第に追い詰められてしまった。

「へへへ、観念しろよ」

盗賊の浮かべる下卑た笑いにリーンは歯噛《はが》みする。

こんなところで死ぬの？　いいえ、絶対に諦めない！

自分を鼓舞して剣を握り直した時、リーンたちに向かって誰も乗っていないラクダが一直線に走ってきた。

全員がラクダに気を取られた。その瞬間、剣を振りかぶっていた盗賊が、ぐわっ、と叫んで剣を落とし、手を抱えてしゃがみ込んだ。手首には短剣が突き刺さっている。

「何が――」

言いかけていた別の盗賊の首が、ごろん、と砂の上に転がり落ちた。ぽっかり口を開け、今にもしゃべりだしそうな顔は、光を失った目で空を見上げていた。

首のない仲間の胴体が棒のように倒れても、右腕を怪我している盗賊は目を剝《む》いたまま微動だにしなかった。その胸から剣先が生えている。背後から貫かれたのだ。盗賊が崩れ落ちると、紺青色のグトゥラを頭に巻いた男が立っていた。

それはあっという間の出来事だった。

「おっ、お前は…」

手首を押さえて屈み込んだ盗賊が見上げて喘《あえ》ぐと、男の剣が横に一閃《いっせん》する。首から血飛沫《ちしぶき》を撒《ま》き散らし、最後の盗賊は地に伏した。

助かった…。

リーンは腰が抜けてへたり込んだ。

「怪我はないか？」

男は血振るいした剣を収めてリーンに問うた。

リーンは俯《うつむ》いたままこくこくと頷くことしかできなかった。ほっとしたのと、目の前で繰り広げられた惨劇に声が出なかったのだ。

すごい剣技。それにこの人の剣。なんてかっこいいの。

彎刀は様々な長さと反りの形があるが、男が振っていたのは直刀に近いものだ。しかも長い。抜くのも斬るのも難しく、リーンには使いこなせない代物だ。

「無事でよかった。子供がこんなところで何をしている。家出でもしたのか？」

リーンは黙したままでいた。助けてくれたとはいえ、この男も盗賊かもしれない。正体のわからない相手に迂闊《うかつ》なことは言えない。

「まぁいい。男には冒険も必要だ」

兄の服を着ているリーンを少年と勘違いしたようだ。

「子供にしては使い手だが、まだまだだ。夜の砂漠は危険だ。下手をしたら死んでいたぞ。これに懲りたら家に帰れ」

見ず知らずの男の言葉に耳が痛い。慢心に釘《くぎ》を刺されたようだ。

悔しい。でも、この人の言うとおりだわ。

自分の取った無謀な行動を反省していると、男がリーンの頭に手を置いた。グトゥラを剥がれる、と剣を握った手に力を入れて身構えると…。

「剣はもっと精進しろ」

男はリーンの頭を摑んで荒っぽく揺すり、それから優しく撫でた。

「だが、幼いのにひとりでよく戦った。怖かっただろうに、褒めてやる。いい戦いぶりだったぞ」

柔らかな声で紡ぐ彼の言葉は、まるで朝霧のようだった。えらそうな物言いなのに、リーンを優しく包み、じんわりと心に染みてくる。

「名は？」

「……ウサーマ」

リーンは小声で兄の名を名乗った。女だと知られたくなかった。

「ウサーマか。俺の親友と同じ名だ」

男の声が弾んでいる。仲がいいのだろう。

グトゥラの陰から男を見上げると、ちょうど太陽が姿を現した。砂漠の色が一変し、眩《まぶ》しそうにして笑っている男の瞳が、日の光に照らされて瞬く。

リーンは息を飲んだ。

きれい…。

『海原のように光り輝いて、本当に美しかった』

ええ、母様。本当に美しいわ。それに、なんて素敵な……。

リーンは男に釘づけになった。青い瞳を持つ、精悍《せいかん》で整った面立ちの若者だったのだ。

ぴゅーいと口笛が響いた。少し離れたところに、ラクダに乗った二人の男がいた。誰も乗っていないラクダを一頭連れている。

「送ってやりたいが……」

彼らと行くのだろう。大丈夫だと頭を振れば、もう家出なんてするな、とリーンの額を指で突いて笑う。

「真《ま》っ直《す》ぐ帰れよ」

若者は颯爽《さっそう》と現れてリーンを救い、振り返ることなくラクダに乗って去っていった。

リーンはよろよろと立ち上がり、息絶えた盗賊たちから離れて自分のラクダを探した。

「あ、いた。よかった。驚いて逃げちゃったかと思った」

ラクダは割と近くで座っていた。肝が太いのか動じていないようで、もぐもぐと口を動かしている様子は普段とまったく変わらない。

散らばった荷物を纏めながら、リーンは去った若者の顔を思い浮かべる。

「兄様と同じくらいの齢《とし》かな」

背格好も似ている。額を突っつくのは兄と同じだが、恐ろしいほどの剣の冴《さ》えは兄以上で

はないだろうか。

笑った優しい眼差しを思い出すと、胸がきゅっと締めつけられる。

「とってもいい香りがした」

若者が近づいた時、これまでに嗅いだことのない馨《かぐわ》しい香りがしたのだ。

「ターハとは雲泥の差よ。高貴な香りって感じだった。まるで王子様みたい」

母は父を王子様だと言った。いくらなんでも買い被りすぎだと思っていたが、若者に危機を救われ、リーンは母がその時どんな気持ちになったかが理解できた。

トクトクと心臓の音が身体の中で木霊している。

「私…」

若者が触れた額に指先を当て、リーンは彼の姿が溶け込んでしまった砂漠を見つめていた。

何をしているの、というように背中をラクダに鼻面で押されるまで。

「あっ、名前聞くのを忘れた。助けてくれたお礼も言わなかった。やだぁ、気の利かない娘だっ……男の子に間違われたんだった」

リーンは力なくラクダに縋《すが》りついた。

「グトゥラ被って兄様の服を着ていたけど、女の子に見えなかったのかな」

ちょっとがっかりしてしまう。

「どこの誰なのかしら。いったいここで何をしていたんだろう」

役人、商人、護衛、旅人。

男の素性を考えてみるけれど、どれもしっくりこない。

「もしかして、本当に王子様だったりして。とってもいい香りを纏っているんだもの。一緒にいた人たちは御付きの人かも」

彼のような王子様が自分を迎えに来てくれたらいいのに、と思う。だが、御付きが王子様を口笛で呼ぶだろうか。

「ないよね。そんなことしない。だいたい王子様はこんなところにいないでしょ」

東オアシスに住んでいるのだろうか。帰れと言われたが、父たちの後を追って東オアシスに行こうかと気持ちが揺らぐ。

「ダメ、帰ろう」

リーンはラクダに跨って、男が消えた砂の大地を振り返った。

「どこかで会えたらいいな」


「兄様にお土産の希望を出せばよかった」

午後になって家にたどり着いたリーンは思った。

後を追って父や兄と合流し、自分も東オアシスに行くつもりだったリーンは、店先で兄にねだろうと欲しいものを伝えなかったのだ。

「当てが外れちゃった。東オアシスか。行ってみたいな。『青の人』がいるかも」

『青の人』

助けてくれた若者にリーンはそう名づけた。

「東オアシスの街を歩いていたら声をかけてくれるかもしれない。出会い頭にぶつかった相手が『青の人』だった、なんて…」

偶然の出会いを想像して、あるわけがないと肩を落とす。

「兄様のお土産、新しいシャムシールだといいな。二人はいつごろ帰ってくるのかな」

ふと、不安が過《よぎ》った。自分が思わぬところで盗賊に出くわしたからだ。

「何事もないといいけど。父様と兄様ならきっと大丈夫よね」

だが、リーンの不安は的中した。リーンが家に帰った翌日の夕方になって、クタイバとディヤーブが泡を食って戻ってきたのだ。

村に響き渡る乱れ打ちの太鼓の音に、リーンは毛糸を紡ぐ手を止めた。村中に触れを出す時は太鼓の音で知らせる。響いているのは、何か事件があって緊急に招集を知らせる音だ。

リーンが広場へ行くと、疲れ果てたように地面に座り込むクタイバとディヤーブが村の男たちに囲まれていた。水を飲んでいた二人は、リーンに気づくとおどおどした様子になって視線を外した。

「どうして戻ってきたんだ」

取り囲んでいた村の男たちが矢継ぎ早に問うていた。

「何かあったのか？」

「……ニダールとウサーマが、刺されて殺された！」

水を飲み干したクタイバが顔を歪め、喘ぐように言った。

集まっていた村人たちがどよめき、リーンは自分の耳を疑った。

「黒ずくめの男たちが襲ってきたんだ。十人はいた。いきなり取り囲まれて」

「ちょうど『ジンの岩山』付近の大岩に差しかかったところだ。ニダールが俺たちに早く逃げろと」

「だから俺たちは逃げた」

「振り返ったら、二人が地面に倒れ、男たちが去ろうとしていた」

二人は交互にまくし立てるようにして周りの人々に訴えた。

父様と兄様が殺された……。

リーンは呆然《ぼうぜん》とした。

周囲の人々はリーンにかける言葉を思いつかないのか、そっと離れていく。

「盗賊か？」

「よくわからない。暗かったし…。そう言えば、男のひとりが王子ファイサルの名を叫んでいた」

「どういうことだ。王子ファイサルがいたのか？」

「夜陰に紛れて襲われたんだ。顔など見ている余裕などなかった。それに、俺は王子ファイサルの顔を知らん」

「とにかくあっという間の出来事で…」

リーンは大きく目を見開いたまま立ち尽くしていた。交わされている会話は、理解する前に耳を通り抜けていく。

「しばらくして戻ったんだ」

「遺体があったのか」

村人の誰かが言った遺体という言葉にリーンは息を飲んだ。

「……誰もいなかった」

ディヤーブが青い顔をしたリーンにちらりと視線を向けて言った。

「誰もって、遺体もなかったのか？」

「何もなかったんだ。男たちも、ニダールたちの遺体も…」

クタイバは声を震わせて言い、リーンから顔を背ける。ディヤーブも顔を歪めて俯き、二人は口を閉ざした。

村人たちはリーンを遠巻きにしてそれぞれに話し始めた。

「隊商の道を使えばよかったのに、『ジンの岩山』の近くを通ったんだろ?」

「魔物が出るという話だからな」

「あそこには近づくなと昔から言われている」

「二人の遺体は魔物に食べられてしまったのではないか」

男たちの話に女子供は怯《おび》えて身を寄せ合い、家に逃げ帰る者も大勢いた。

「魔物の話はやめろ。悪いことを呼び寄せる」

「だが、ほかに考えられないだろう」

騒然とした中で、落ち着け！　と誰かが声を上げた。人垣をかき分けるようにしてやってきたのは、イマームだった。

「ここでそんな話をしていてどうする。問題は何も解決していないのだぞ！」

「おお、イマーム。そうだ、イマームの言うとおりだ。増税撤回は成されていない」

「もう一度、東オアシスに使者を出すか」

「役所に伝手《つて》があるのか。離宮に行ったたって王族が会ってくれるのか。王族だっているのかもわからんのだぞ。それに、いったい誰が…」

人々は押し黙った。自分に白羽の矢が立ってはかなわないということなのだろう。誰もが危険を冒してまで訴えに行きたくないのだ。

「誰かを行かせて、これ以上の死人が出るのは避けなければならない。ここは、私の伝手を頼ってみようと思う」

イマームが人々を見渡して言うと、男たちは安堵の息を吐いた。イマームならなんとかしてくれるという思いが顔に表れている。

「起こってしまったことはどうしようもない。ニダールの遺志は私が継ぐ。増税撤回のために力を尽くそう」

イマームが力強く宣言すると、村人たちは歓声を上げた。

どうしようもないって、なんなの！　父様の遺志ってどういうことよ！　皆も、父様と兄様のことを忘れてしまったの？　村のために訴えに行ったのに。

生死もわからないのに、イマームは父と兄を過去のものにしてしまったのだ。

リーンは怒りで気が変になりそうだった。しかし、ここで泣き喚《わめ》いても皆は同情するだけで、魔物を恐れて誰も父と兄を探しに行こうとは言わないだろう。所詮他人事《ひとごと》なのだ。

唇を噛み締めて怒りを抑えていると、男たちの輪の中から抜け出したイマームが、悲しみを湛《たた》えた顔で歩み寄ってきた。

「リーン、申し訳ない。護衛をターハにすべてつけてしまったのは私だ。護衛が戻ってくるまで待っていてくれたなら…」

まるで、父が勇み足をしたような言い方だ。

父様は皆に急かされて仕方なく出かけたのに。

リーンは返事をしなかった。口を開けば罵声が出てしまう。

「辛《つら》いだろうね、リーン」

イマームに肩を抱かれそうになったリーンはさりげなく避けた。しつこく言い寄ってくるターハも好きではないが、それ以上にイマームを嫌悪しているのだ。

というのも、イマームは時々、妙に熱を持った目で自分を見ていることがあるからだ。身体中をイマームの視線が這《は》い回っているように感じ、怖気《おぞけ》が立つのだ。

イマームは常に柔和な笑みを湛えていて、村人たちの受けもいい。だが、リーンにはそれは何かを隠すための仮面に思え、胡散臭《うさんくさ》く感じていた。今も悲しげな表情を浮かべているけれど、本心からではないと思っていた。

騙《だま》されないわよ。

「ひとりでいるのはよくない。うちに来ないか」

心配だというようにイマームが言った。

「それがいいよ、リーンちゃん」

「家に帰るのは辛いだろうよ」

「ありがたいことじゃないか。イマームさんのところでお世話になりな」

話を聞いていたのか、傍《そば》に寄ってきた人々はイマームのところに行くよう、一様に勧める。

皆に悪気はないのはわかっている。イマームを信用し、心からそうするべきだと思っているのだ。

けれど、リーンは頭を振った。

「そうか。でも、何かあったら私を頼っておくれ、いいね」

残念そうな顔をするイマームに対し、リーンは最後まで無言を貫いた。

日が落ちて暗くなった家の中で、リーンはランプの小さな灯りを頼りにせっせと旅支度をしていた。

広場から戻った時は、誰もいない静まり返った家に涙が滲《にじ》んだ。父と兄を見捨てて逃げたクタイバとディヤーブに憎しみが湧き、気持ちを静めようと家の中をうろうろ歩き回っていた。

「父様は二人を助けようとしたのだから、恨んじゃいけない。二人のせいじゃないもの。母様、父様と兄様を守って」

壁にかけてある母のスカーフに向かって話しかけ、乱れた心を静めた。

広場で人々が交わしていた会話を思い返してみる。

「襲われた場所は『ジンの岩山』の近くにある大岩。父様と兄様の遺体はなかった」

父と兄が死んだなどと、これっぽっちも思っていない。

「遺体が動くなんてあるわけない。生きているのよ」

殺されて砂に埋められたということも考えられるが、クタイバたちが戻ったのはそう時間が経ってからではなかったはずだ。

「つまり、生きているからいなかった。多分…、傷を負って動けなくなって、どこかに隠れ潜んでいたのよ。だから二人はいなかった。東オアシスに向かったのかもしれない」

ならば、探しに行かなければ。

リーンは早速クタイバの家を訪ねた。目撃者に直接話を聞こうと思ったのだ。

クタイバはリーンが来たことに驚いていた。

「おじさん、襲われた時のことをもっと詳しく教えてほしいの」

「もっと詳しくと言われても…、皆に話したことだけしか言えることはない」

逃げてきたことが気まずいのか、クタイバは目を合わそうとしない。

「場所は？『ジンの岩山』の近くで間違いない？」

「あ、ああ。だが、暗かったし、よく覚えていない」

「ラクダは？」

「ラクダ？　ラクダは…、そうだ、ラクダもいなかった。逃げてしまったんじゃないか。俺にはわからない」

「…そう。なんでもいいの。他に何かない？　どんな些細《ささい》なことでも。お願い！」

リーンは食い下がったが、もう勘弁してくれ、とクタイバは扉を閉めてしまった。

ディヤーブもクタイバと同じだった。よく覚えていないと顔を背けて言い、逃げたことを責めているのか、と逆にリーンを非難した。

「違うわ。襲われた場所に行って父と兄を探したいの」

「探すだって？　遺体はなかったと言っただろう！　信じないのか？」

ディヤーブは突然激昂した。

「ごめんなさい。おじさんたちを信じていないんじゃないの。本当よ」

謝っても、ディヤーブは肩を怒らせ、遺体はなかったんだ、と背を向けた。これ以上話したくないという意思表示だ。

リーンはがっかりした。二人とも父と親しくしていたし、新しい情報が得られると思ったのだ。

「あんなに怒らなくてもいいのに。少しは協力してくれたって…」

あの様子では、一緒に探しに行ってほしいと頼んでも無駄だろう。

「ひとりでだって探すわ。でも、無謀なことはしない。『青の人』に叱られてしまうもの」

東オアシスから『ジンの岩山』はそう遠くないはずだ。東オアシスを足がかりに父と兄の行方《ゆくえ》を捜索しようと決めた。

「しっかり準備をしなきゃ」

隊商ルートで東オアシスに行くことにしたリーンは、翌日から旅に持っていく食料の準備を始めた。少なくとも五日ぶんは用意しなければならない。隊商についていくともう少し日数がかかるかもしれないけれど、途中に井戸もあるのでそれが安全策だ。金を払えば食料を分けてもらうこともできるだろう。

水を汲みに出たリーンに村人たちは挨拶するものの、どこかよそよそしかった。父と兄のことは誰も口にしない。村の男が数人集まって、リーンが通りかかったことに気づかず話に熱中していた。

「イマームはクタイバたちが戻ってきてすぐに、東オアシスの役人に増税撤回の書簡を送ったということだ。なんでも力のある役人らしい。撤回されると確約してくれた」

イマームが…。

通り過ぎようとしたリーンは足を止めた。気づかれないよう建物の陰に身を潜め、会話に聞き耳を立てる。

「最初からイマームに任せておけばよかったんだ」

ここの人たちって、他人に頼るばっかり。

「イマームはいつも忙しそうにしているし、集会に来ないからな。誰も増税の話を伝えなかったんだろう。知っていたら、真っ先に動いてくれたんじゃないか」

村中が増税で大騒ぎになっているのよ。気づかないはずがないじゃない！

「住み着いて何年にもなるのに、未だに遠慮しているような控え目な男だからな」

控え目な男ですって？

リーンは声を上げそうになった。

「これまでシャムランの村に纏め役はいなかったが、イマームはどうだ」

「金持ちだし護衛も雇っている。今回みたいなことが起こった時は、一番頼りになる」

どうしてみんなイマームをいい人だと思うのかしら。

「なぁ、王子ファイサルがいたという話は本当だろうか」

「クタイバとディヤーブが名を聞いたというではないか。面白半分で民をいたぶる王族や貴族もいると聞くぞ。人殺しも平気でする人でなしもいるんじゃないか」

「だったら運が悪かったとしか言いようがないが…」

「もしかしたら、ニダールは王子に無礼を働いたのではないか？」

「ありえないこともないな」

「確かに、そうでなければ殺されたりしないだろう」

リーンは飛び出していきたくなるのを堪え、そっとその場を離れた。

「父様は正しく生きてきたわ。王子に無礼を働くなんてことあるわけないじゃない」

だが、父が王子ファイサルに無礼を働いたという話は、翌日には村中に広まり、イマームがシャムランの纏め役になることもほぼ決定したようだった。

「噂《うわさ》好きで、皆勝手なことばっかり。皆から頼まれたし、母様と暮らした思い出のある村だから父様は尽くそうとしたのに！」

近くに住むハウラおばさんは、リーン一家によくしてくれる。母が亡くなった時、ハウラは悲しむリーンに寄り添ってくれたし、今日もリーンを案じて家まで来てくれた。そんな人も少数いるけれど、自分たちの暮らしを立てていくのがやっとの村人は、他人に構っている余裕がないのだ。

「二人を探して、父様の名誉を守らなきゃ。東オアシスに着いたら街の人に話を聞いて、王族がいるという離宮に行こう」

王族に会うのは非常に難しいが、運がよければ力を貸してもらえるかもしれない。王子ファイサルのことも何かわかるはずだ。

父の知り合いを頼ってしばらく東オアシスに行くからと、数頭飼っている羊と山羊の世話をハウラに頼んだ。ハウラのところは羊も山羊もいない。村でラクダや家畜を持っている家は少ないのだ。当面の餌代は渡した。山羊は乳が出るし、羊は毛刈りの時期だ。刈った毛は糸や織物にして売ってもいいと伝えたので、ハウラに損はない。

傷んだ剣の手入れをして、リーンは家を離れる準備に慌ただしくしていた。そこへ、珍しい客が来た。イマームだ。彼がリーンの家に来るのは初めてではないだろうか。

家を空けること内緒にしてねって頼んだのに、ハウラおばさんしゃべっちゃったのかな。

リーンはたたんでいた兄のグトゥラを持ったまま家の外に出て扉を閉めた。旅の準備をしているのを気づかれたくなかったのだ。

「何かご用ですか？」

「リーン、考えたのだが、やはりひとりは大変だろうと思うのだ。私の家に来ないか」

その話は断ったのに。

内心苦々しく思いながら、リーンは戸惑ったような顔をしてみせた。

「しばらく私の家で暮らして、それから君が落ち着いたら、息子と結婚してくれないだろうか」

「結婚？」

イマームはとんでもないことを言い出した。

「君には突然の話で驚くのも無理はないが…」

驚くどころの話ではない。天変地異が起こったようなものだった。

「急にそんなことを言われても困ります」

「これはニダールのたっての希望だったのだよ」

「父様の？　そんな…」

裕福な家に娘を嫁がせたい。父はそう話していたとイマームは熱弁を振るうが、リーンは信じなかった。

嘘《うそ》よ。絶対にあるわけがない。

リーンがイマーム親子を嫌っているのを父は知っている。そんな相手との結婚など望むはずはないし、イマームから申し出があれば断るはずだ。

「自慢するわけじゃないが、うちは暮らしに困ることはない。欲しいものを我慢しなくてもいいし、君もあくせく働かなくていいんだ」

うちだって困っていないわよ！

イマームの家ほど裕福ではないが、蓄えはあるし、その日暮らしの家が多いシャムラン村の中ではかなり豊かな方だ。それに、働くことは苦ではない。

剣も振れない軟弱なターハと結婚なんて、死んだ方がマシよ。私の夫だったら剣くらい使えなきゃ……。

浮かんだのは『青の人』の笑顔だった。

ひとりで照れてしまい、ほんのり頬を染めて紫色の瞳を伏せると、イマームの舐《な》めるような視線を感じた。

うー、気持ち悪くて鳥肌が立っちゃう。

突き飛ばしてしまいそうで、手にしていた兄のグトゥラを握り締める。

「私も君の幸せを願っているのだよ。……美しい。ああ、君は本当に美しい。どうか結婚して欲しい」

熱に浮かされたように呟《つぶや》いてイマームが近づいてくる。まるで、自分と結婚してほしいと言わんばかりに。

「せっかくのお話ですけど、お断りします」

「これはニダールの希望だったのだよ。彼の遺志を汲んで……」

「ターハと結婚する気はありません。お帰りください」

きっぱり断った。曖昧な返事をしていていつまで経っても帰ってくれないし、毅然《きぜん》とした態度を取らなければ、何度でも来るだろう。

今は取りつく島がないと思ったのか、もう一度よく考えてくれ、とイマームは帰っていった。

リーンは扉を閉め、腹立ち紛れに手にしていたグトゥラを下に投げつけた。

「若い娘だと思って侮って。希望だったってなによ！　父様が死んでしまったみたいに！　それに、あの目」

鳥肌が立つほどおぞましく、不気味だった。前々から怪しい人だとは思っていたが、さらにその思いが強まる。

リーンは明日に予定していた出立を早めることにして、中断していた家の中の片づけに没頭した。それから、着替えなどの荷物の準備をした。金は三つに分けて盗まれないようにする。長い髪を纏めた中にも忍ばせた。

すべての準備を終えて兄の服に着替える頃には、とっぷりと日が落ちていた。

「少しの間、お別れね。すぐに三人で戻ってくるわ。母様、力を貸して」

ランプの小さな灯りに浮かび上がる家の中を見回していると、いきなり扉が開いた。何事かと振り返れば、イマームとターハが押し入ってくる。

「なんなの、勝手に入ってくるなんて！」

「リーン、その格好は…」

グトゥラを巻いたリーンにターハは驚いた顔をした。

「旅支度をしてあったから、様子を見に来たのは正解だった。どこへ行くつもりだ」

結婚話を持ってきたイマームに家の中を見られたのだ。

なんて目聡《めざと》いの。

「あなたたちには関係ないでしょ。出てって！」

「リーン、結婚してくれるんじゃないの？」

「しないわよ。結婚話は断ったわ。イマーム、私ははっきり言ったはずよ」

イマームは怪しく目を光らせていた。

「逃がすと思うのか」

呪いの言葉を吐くように言ったイマームは、禍々《まがまが》しい空気を纏っていた。

「やっと手に入るのだ。やっと…」

「どういう意味よ」

「父さん、僕とリーンの結婚の…」

「うるさい！　お前は黙ってろ」

怒鳴りつけられたターハは身を縮めた。わけがわからないという顔をしている。

イマームの様子はおかしかった。いつもの穏やかな物言いと仕草から、まるで人が変わってしまったかのようだった。

魔物にでも取りつかれてしまったみたい。

危険だと思った。ターハと二人がかりで押さえ込まれたら逃げられない。リーンはさりげなく荷物の置いてある位置を確認し、腰のシャムシールを抜いた。

イマームはリーンの行動に一瞬戸惑ったようだが、すぐに歪んだ笑みを浮かべた。

「ふん、そんなものを振り回すと怪我をするぞ」

村ではおとなしい娘で通っている。使えもしない武器で抵抗していると思ったのだろう。簡単に捕まえられると侮り、イマームは下卑た笑みを浮かべ、剣を恐れることなく近づいてくる。

以前のリーンなら、剣を突きつけて脅すことしかできなかっただろう。だが、盗賊と命の